_____ 님께

꽃처럼 사랑스럽고 소중한 당신께
이 책을 드립니다.

_____ 드림

100가지 꽃에서 사랑을 묻다

꽃처럼 아름답게 사랑하며

Let us Raise a Toast

Dearest Min and Ji-Sung,

With dreams, with hope, with love,
Let us raise our glasses high
The hills are in full bloom,
Birds soar through the endless skies,
And heaven is draped in silken blue
Row with vigor, row with might,

Though the sea may surge with tide,
A distant lighthouse casts its guiding light
The celebration has begun
Singing the hymn of love as one,
Let us raise a toast to love,
beautiful as blossoms

— In celebration of Min and Ji-Sung's wedding

꽃처럼 아름다운 사랑의 축배를 들자

꿈과 희망, 사랑을 담아
우리 함께 축배를 들자
동산엔 꽃이 만발하고
새들은 창공을 나르며
하늘은 푸른 비단으로 수놓으리니
힘차게 노를 저어라

바다는 출렁여도
저 멀리 등대가 불을 밝히고 있다
축제가 시작되었다
우리 함께 사랑의 찬가를 부르며
꽃처럼 아름다운 축배를 들자

- 민이와 지성이 결혼을 축하하며

100가지 사랑에 대하여

사랑의 감정은 몇 가지일까요?

사랑의 감정을 숫자로 매김하는 자체가 난센스가 아닐까 싶습니다. 세계적인 문호와 예술가들은 사랑을 주제로 숱한 작품들을 쏟아냈습니다. 하나하나가 사랑의 감정 다루기에 심혈을 기울인 것이 아닐까 생각합니다.

인생의 황혼기를 맞아 젊은 날의 뜨거움에서 출발한 사랑의 감정은 저 멀리 지평선 아래로 넘어가는 노을처럼 퇴색되어 가는 것 같습니다. 하지만 연분홍 진달래꽃을 보고 심장의 미세한 떨림이 남아 있음에 아직도 사랑의 아드레날린을 무시 못 할 것 같습니다.

사랑의 대상을 사람에게서 찾다가 그 이치를 꽃에서 발견하게 된 어느 날 100가지란 은유로 사랑의 감정을 헤아리며 100가지 꽃들로 답해보았습니다.

세계 100대 꽃들의 특성을 살려 그린다고는 했지만 직접 보지 않고 사진을 통해 그린 경우가 많아 실물과 다소 차이가 있음은 학예 발표 수준이라고 너그럽게 받아주셨으면 합니다. 특히 평소 자주 접하지 않는 외래종의 경우 화원에서도

찾기 쉽지 않음은 시간을 탓하는 변명이기도 합니다. 하지만 꽃이 아름답지 않은 것이 없듯이 꽃을 바라보고 그림으로 표현하는 마음 역시 고운 마음에서 출발했다는 억지 아닌 억지를 부려보게 됩니다.

더 궁금함은 식물도감이나 사진 등을 통해서 꽃에 대한 지적 여행을 떠나는 계기가 되었으면 합니다. 식물로서 꽃이 아닌 사랑으로서 꽃을 여행하셨으면 합니다.

2024년 늦여름 어느 날 짝을 찾았다는 아들 녀석의 통보에 기쁜 나머지 뭔가 남겨주고 싶다는 마음에 60년을 살아오며 느낀 사랑의 감정을 쓴 글들을 모아보았습니다. 순백의 아내를 꽃처럼 귀하고 아름답게 바라보고 살아갔으면 싶습니다. 100가지로는 부족한 사랑의 감정을 새기고 품으며….

2025년 2월 23일
대나무골에서

| 차례 |

100가지
사랑

연분홍 손 편지

기나긴 밤 홀로이 뒤척이다가
연분홍 물든 가슴 참지 못해
손끝에 맺힌 그리움 꾹꾹 눌러
꽃망울만 한 사연 적어 보내옵니다
행여 봄바람에 식을까 하니
얼른 향기부터 맡아 주세요

장미 : 사랑

“ 손끝에 맺힌 그리움 꾹꾹 눌러 **”**

66 그대가 미소 짓기를 **99**

사랑의 발코니

해가 뜨기를
꽃이 피기를
사람이 오기를
그대가 미소 짓기를
기다리고 기다려도
쉬이 지지치 않는 것은
가슴 속 깊숙한 곳도 흔들리지 않는
사랑의 발코니 때문입니다

튜립 : 사랑의 고백

사랑의 종소리 1

새벽 종소리에
그대 심장 뛰는 소리도 함께 실려가
사랑의 시작을 알리고 싶습니다

한낮 종소리에
그대 사랑한다는 말도 함께 실려가
널리 멀리 펴져 갔으면 싶습니다

저녁 종소리에
사랑했었다는 눈물도 함께 살려가
되돌아오지 않았으면 싶습니다

온 지구를 휘감아 도는 천상의 종소리에
우리의 사랑 애기가 가득 차면 좋겠습니다

해바라기 : 존경, 충성

꽃 약속

떨어지고 멀어져도
슬프거나 외롭지 않습니다
언제까지나 함께 있을
따스한 그대 눈길과 손길
내 모습 고이 간직하다
미소 지으며 돌아오겠습니다

수선화 : 새로운 시작

" 따스한 그대 눈길과 손길 "

꽃이 흔들리니 나비도 흔들린다

꽃아!

바람이 좋아서 흔들리고 있구나
나비는 너를 떠나 날아가기 싫은데
네가 소리없이 흔들려
나비는 속 태우며 흔들리고 있구나
하늘빛으로 가는 네 고운 마음
정처없이 날리지 않았으면 좋겠다
꽃이 흔들리고 있다
나비도 속절없이 흔들리고 있다

백합 : 순수, 무죄

언약

파도가 치면
몸은 휘청거려도
마음은 흔들리지 않겠습니다

난초 : 아름다움, 우아함

66 파도가 몰아쳐도 흔들리지 않는 99

모래 한 줌 사랑

너무 꼭 쥐지 마세요
많이 쥘 수가 없답니다
느슨하지도 마세요
빠져나가고 말 테니까요
적당히 펴고 오므려야
제대로 가질 수 있습니다
모래 한 줌 쥐는 사랑이라 실망하지 마세요
한 줌일지언정 모래알 수만큼 많은 것이
사랑의 감정입니다
사랑은 부피가 아니고 질량입니다

데이지 : 순수한 마음

관심

보고만 있으면
빨리 시들어 버릴 거예요
꽃도
사람도
사랑도

금잔화 : 슬픔, 애도

혼자만의 사랑

산길을 걷다가
홀로 핀 꽃 한 송이
가슴 설레며
남몰래 혼자 품게 되었습니다

국화 : 진실된 사랑

무명 꽃 사랑

이름 모를 꽃을
이름 없는 꽃이라 고개 돌리지 마세요
이름 모를 사람을
이름 없는 사람이라 가벼이 대하지 마세요
장미의 화려함이 없어도
철인의 위대함이 없어도
꽃이기에
사람이기에
조건 없이 사랑받아야 한답니다

작약 : 수줍음

짝사랑 숨바꼭질

잡히지 않는다고 초조해 마세요
술래가 바뀌면 재미없을 수 있어요
숨어서 기다리는 것을 즐기면 어떨까요

카네이션 : 사랑, 존경

사랑학 개론

많이 나눠 주자
대가를 바라지 말자
돈 주고 사지 말자
자주 표현하자
가슴 속에 뜨겁게 품자

아이리스 : 신뢰, 지혜

비 오는 날엔

비 오는 날엔
젖어버린 내 영혼
창 넓은 카페에 앉아
뜨거운 커피에 담아보고 싶습니다

비 오는 날엔
말없이 떠난 사람
낡은 양철지붕 처마 밑에서
하염없이 기다리고 싶습니다

비 오는 날엔
슬픈 영화 속 주인공 되어
가로등 흔들리는 골목 속으로
서걱서걱 걸어가고 싶습니다

비 오는 날엔
갈라지고 찢긴 상념
조각조각 씻어
떠내려 보내고 싶습니다

특별한 것을 하고 싶은 비 오는 날은
하루가 더 길었으면 좋겠습니다

라벤더 : 평온, 헌신

그대 가던 길 주저하지 말아요

길모퉁이 저 혼자 서 있는 이름 모를 꽃이 하는 아침 인사를 받은 적이 있나요
"좋은 아침이에요. 저의 향기로 당신의 하루가 행복하게 되었으면 좋겠어요"

한없이 넓고 시원한 바람이 뜨거운 태양을 감싸려는 손짓을 본 적이 있나요
"많이 덥죠. 제가 당신에게 내리쬐는 따가운 햇볕을 가려줄게요 가던 길 힘차게 가세요"

백열등처럼 은근한 저녁달이 처진 당신의 발걸음을 살포시 주물러 주는 순간을 느낀 적이 있나요
"오늘 하루 힘드셨죠. 지금부터 따스한 빛으로 당신의 길잡이가 될게요"

지치고 힘들고 외롭더라도
그대 가던 길 주저하지 말아요
꽃과 바람과 달빛이 있는 세상
그대 사랑도 머뭇거리지 말아요

히비스커스 : 섬세한 아름다움

" 그윽히 바라보고 뜨겁게 품어라 "

꽃, 와인 그리고 사랑

그윽히 바라보고
짙은 향을 맡은 뒤
뜨겁게 품어라

사랑도 그렇게 해야 합니다

화몽(花夢)

밤새 꽃을 안고 잤습니다
꽃향기에 취해
내가 꽃인지 꽃이 나인지 몰랐습니다
아침에 눈을 뜨면
나도 꽃이 되어 향기롭고 싶은데
꽃들이 시샘하지 않을까 걱정이 됩니다

양귀비 : 위로, 평화

" 내가 꽃인지 꽃이 나인지 "

꽃이 사람에게 1

나 보고 미소 짓고
내 향기에 취하거든
가슴 열고 품은 채
사랑 노래 한 곡 해 주세요
나도 그대처럼 지지 않는 꽃이 되겠습니다

수국 : 진심, 감사

꽃이 사람에게 2

내가 필 땐 내 모습에 감탄하고
내 향기에 취해 나만 사랑할 듯하더니
내가 질 땐 때가 되어 지려니
눈길 한번 주지 않는데
나는 그대를 위해 또 다시
긴 여행을 떠납니다
나는 사랑이니까요

제라늄 : 우정, 결속

비 오는 날의 수채화

반쯤 식은 커피잔에
멍한 눈빛 담아 그대를 기다리는 오후
창밖을 두드리는 그대를 보고도
설레던 마음 간직하고 싶어
못 본 척 고개 돌립니다
아! 오늘도 못다 그린 비 오는 날
나의 수채화

베고니아 : 조심성

고백

그대의 손을 잡을 때
내 믿음도 같이 건너갑니다
그대와 길을 걸을 때
세상도 같이 걸어가고 싶습니다
그대에게 꽃을 바칠 때
내 사랑도 같이 따라갑니다
지금 이 순간 함께하는 당신
나의 믿음, 소망, 사랑입니다

백일홍 : 지속적인 사랑

사람이 사랑에게

꽃이 별에게
어두운 밤에는 네가 최고였어

밤이 해에게
아침이 오니 네가 최고였어

해가 구름에게
흐린 날에는 네가 최고였어

구름이 바람에게
더운 날에는 네가 최고였어

바람이 꽃에게
흔들려도 피는 네가 최고였어

꽃이 사람에게
사계절 다 살아가는 네가 최고였어

사람이 사랑에게
언제나 너에게 최고이고 싶었어

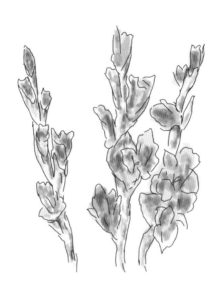

글라디올라스 : 강인함, 승리

연애의 시작

왜 연락이 오지 않을까?
마음에 없나 봐
아니야! 기다리고 있을지도 몰라
먼저 연락을 해볼까?
기다리고 있으려나
아니야! 곧 연락이 올지도 몰라
꽃이 피고 있었네
너와 내 가슴에 활짝 피어났으면

아네모네 : 기대, 희망

❝ 너와 나의 가슴에 꽃이 피고 있었네 ❞

“ 나를 한 번 더 바라보는 너 ”

연애 거울 1

나를 한 번 더 바라보는 너
연애 스위치 'ON'

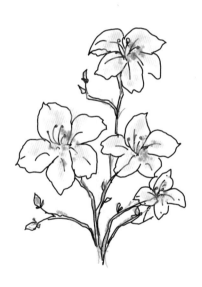

진달래 : 절제, 사랑

다섯 계절

곱게 피던 꽃 떨구고 떠나가는 봄아
잦아지는 비바람에 밀려가는 여름아
붉은 숨 쏟아내고 사라지는 가을아
은빛 이불 덮은 채 긴 잠자는 겨울아

때가 되면 어김없이 변해가는
봄, 여름, 가을, 겨울 사계절아
계절 하나 딱 더 있으면 좋겠다
언제나 변함없는 사랑의 계절

동백 : 겸손, 아름다움

단풍 연가

연둣빛 처녀 볼 장마에 씻어내고
노오란 치마 새빨간 입술단장
철없는 사내 마음을 흔들고 있구나
가을 바람에 살랑거리며 춤추다
노란 치마 간 곳 없고
입술자국만 내 가슴에 기약없이 묻혀 있구나
여기저기 흩어져 뒹굴다가
연둣빛 단장하고 되돌아오면
넌 줄 알고 반가이 맞으리

블루벨 : 겸손, 감사

사랑 보관법

가을을 오래 간직하고 싶다면
낙엽 한 장 주워 책갈피에 끼워 두세요
사랑을 오래 간직하고 싶다면
사랑 노래 한 소절 종이비행기에
실어 보내 주세요
먼 훗날에도 당신의 마음이
지구 한 모퉁이 누군가에게 미소와 행복으로
남게 될 것입니다

프리지아 : 순수, 신뢰

누군가에게 미소와 행복으로

화음

가까이 있어도 마음이 멀어지면
불협화음이 나고

떨어져 있어도 사랑이 있으면
천상의 소리가 납니다

가드니아 : 비밀사랑

동행

손을 꼭 잡아요
천천히 걸어요
끝까지 같이 가야 되잖아요

헤더 : 행운, 보호

베개 사랑

남 보이기 싫었던 눈물
내겐 아낌없이 흘려도 됩니다
내 얼굴 얼룩질지라도 아침이 찾아와
그대 홀가분히 떠날 수만 있다면 괜찮습니다

입속을 맴도는 말 못 할 사연
내겐 큰소리로 뱉어도 됩니다.
내 귀 먹먹해질지라도 아침이 찾아와
그대 속 후련히 떠날 수만 있다면 괜찮습니다

접시꽃 : 야망

붉게 피는 장미라도
사랑보다 붉지 않다

처음에는 수줍었을 뿐입니다
여린 숨결도 내뱉기조차 조심스러웠습니다
잔뜩 움츠린 몸 비틀어 날 선 비늘 만들어
초여름 뙤약볕 옅은 온기 줄기 타고 내려가
깊은 땅속 용암 끓어오르는 정염
나선의 회오리 한 송이 붉은 사랑으로 피었습니다

봉선화 : 인내, 용기

봄밤

진달래 붉은 마음
내 가슴을 수놓은 밤
님 오시는 소리 들리지 않고
문풍지 흔드는 바람 소리에
외로운 등불만 흔들리는구나
더디게 갔으면 싶은 좋은 봄날인데
꽃잎 떨어지는 소리는
왜 이리 야속하게 귓전을 쿵쾅쿵쾅 울리는가

라일락 : 첫사랑

눈 내리는 새벽

언제까지나 사랑하겠노라고 밤새 속삭이다
야속하게 서둘러 떠난 빈자리에
시린 잉크 빛 까만 점이
앞다투어 창문을 두드린다
반쯤 열린 눈꺼풀 사이로 겨울 까치 한 쌍
은빛 장옷 차려입고 슬며시 다가선다
삽살개 풀쩍풀쩍 뛰놀기 전에
솜털마당 사뿐사뿐 밟고 싶은데
아랫목 구들장 사지 붙들고
낡은 시곗바늘이 어김없이 돌아간다.

아직도 눈 내리는 새벽이 설레는 걸 보니
내 중년은 꽃 중년인가 보다

목련 : 고귀함, 존경

그냥

웬일이야

그냥(보고 싶어서)

이게 뭐야

그냥(주고 싶어서)

왜 그랬어

그냥(그게 좋아서)

사람 사는 거

그럴 수도 있잖아

사랑은 더 그래야 하는 것 아닌가요?

나팔꽃 : 애정, 애착

" 바다같이 하늘같이 넓고 푸른 마음 "

사랑에 답하여

손으로 주려니
손바닥만큼
팔로 주려니
팔길이만큼
가슴으로 주려니
가슴 넓이만큼만 주게 됩니다
받은 만큼 돌려주려면
바다같이 하늘같이
넓고 푸른 마음을 가져야겠습니다

한련 : 애정, 애착

차분한 사랑

봄날의 벅참도
여름날의 뜨거움도 사라졌지만
흘러가는 강물보다
출렁이는 바다보다
가는 바람 부는 가을날
잔잔한 호수 위
낙엽에 취한 조각배
중년의 사랑

협죽도 : 조심성

청정한 사랑

사랑이 시작되면
진열장에 내다 놓고 싶은 순간이 옵니다
더 잘 보이고 싶어
첨가제나 방부제를 섞지 마십시오
티 없이 맑고 고운 사랑을
오래 간직하고 싶다면
가슴속 깊은 곳에 보관하는 것이 좋습니다

팬지 : 생각, 기억

실연

점점 작아지더니 소실점이 되었다가
지평선으로 사라진 놓친 버스
쓰린 마음으로 바라보고 있는데
어느새 도착한 다음 버스
사랑도 하나만 아니거늘
떠나간 사랑 긴 미련 가지지 말자
세월 속 찰나의 아쉬움일 수 있으니
그냥 꽃 한 송이 던져주자

페튜니아 : 분노, 원망

'사랑해'라는 말

인간의 가장 복잡한 감정
그러나 가장 단순한 말로써 전할 수 있는 감정
아끼지 말자 '사랑해'라는 말

프림로즈 : 젊음, 사랑

수줍은 사랑

사랑하는 여자를 위해
꽃을 사는 남자
꽃을 든 남자
꽃을 건네는 남자
쑥스럽다고?
사랑의 순도가 높아지고 있는 것이다

라넌큘러스 : 매력, 매혹

절실한 애정

혹여 그대 그림자라도 밟을까
조심스러운 날들이었습니다
그대 얼굴에 비칠 별빛 가려질까
온 창을 다 열어뒀습니다
세월의 칼도 제 사랑 앞에서는
무뎌졌으면 좋겠습니다

철쭉 : 절제, 사랑

66 당신의 귓가에 살포시 속삭이게 됩니다 99

사랑의 속삭임

나의 사랑은
작고 소박한 향기로
당신을 취하게 하는 것입니다
다른 이들이 가져갈지 몰라
당신의 귓가에 살포시 속삭이게 됩니다
새하얀 향기도 함께 받아 주세요
언제까지나 당신의 귓전을 사로잡고 싶답니다

금어초 : 기쁨, 행복

달콤한 사랑

손에 잡히기만 하는 사랑은
손이 닿은 데까지 있다가
떠나가기도 한답니다

눈에 보이는 사랑은
눈이 볼 수 있는 데까지 있다가
떠나가기도 한답니다

멀어졌다고
보이지 않게 되었다고
슬퍼하거나 초조해하지 마세요

사랑의 달콤한 향기는
천 리 먼 길로 떠나가더라도
꿈결 속에 실려서 온답니다

꽃버선 곱게 신고 사립문 열어둔 채
연분홍 봄날을 기다리면 된답니다
그때까지 그대의 향기도 잃지 말아 주세요

스노우드롭 : 희망, 위로

" 수만 년 전부터 지금까지
내 이름은 사랑입니다 "

역경 속에서 강인함

수만 년 전부터 지금까지
굶주림도 저를 당해낼 수 없었습니다
역병도 저를 짓누를 수 없었습니다
전쟁도 저를 이겨낼 수 없었습니다
고난이 찾아올수록 더 단단해졌습니다
오늘 하루도 잊지 않고 꼬오옥 기억해 주십시오
제 이름은 사랑입니다
" 사랑합니다 "

스타티스 : 영원한 사랑

변덕스런 사랑

당신의 사랑 시제는 어떠하나요?
'사랑했습니다'
'사랑하고 있습니다'
'사랑할 것입니다'
사랑의 감정이 오락가락한다고 푸념하지 마세요
당신의 사랑이 현재 진행형이기 때문입니다
사랑하고 있다는 말
세상에서 가장 아름다운 시간을
보내고 있다는 말입니다

스위트피 : 감사, 작별

 세상에서 가장 아름다운 시간

사랑이 시작된 그날에

사랑이 시작된 그날에
가는 바람에 실려 온 꽃씨 하나가
가슴에 떨어졌습니다

얌전하던 심장이 쿵쾅거리더니
한 송이 꽃이 툭 피었습니다

행여나 드센 바람에 꽃 떨어질까
두 팔로 감싸 안고 있습니다

이 꽃 질 때까지
깨지지 않는 꽃병이 되려고 합니다

버베나 : 기쁨, 행복

진심을 이기는 말

'사랑합니다'라는 말 백 번보다
단 한 번 눈빛으로 진심을 알 수도 있습니다
잘못 읽을 수도 있습니다.
한 마디 말이 천만 번 눈빛보다
진심으로 받아들일 수 있는 말
'사랑합니다'
진실로 사랑하는 사람에게는
마음껏 낭비해도 되는 말입니다
사랑은 말이 진심을 이기기도 합니다

제비꽃 : 겸손, 겸양

82

사랑의 슬픔

가는 바람에도
흐느적거리는 눈물로
흐느끼며 흔들리다
세월 앞에 살살 도망가는 비겁한 놈
정말 슬픈 거냐!

등나무 : 환영, 환대

" 당신만을 사랑하겠습니다 "

사랑의 망각

천상의 사랑도
레테의 강을 건너가더니
새로운 사랑에게 고백합니다
'당신만을 사랑하겠습니다'

얘로우 : 치유, 보호

가꾸는 사랑

용광로는
달구지 않으면 식어지고

사랑은
가꾸지 않으면 멀어진다

유카 : 용기, 결단력

첫사랑 1

처음 보는 전열기 콘센트를 만지다
구멍에 손가락이 닿았다
짜릿한 전율, 잠시 퍼졌다가 사라졌다
잠깐 놀랬을 뿐인데 상처가 생겼나
잊을 만하면 손가락을 꼼지락거리게 된다

아마릴리스 : 자부심, 아름다움

꿈결 속 사랑

분홍빛 구름다리 건너
은하수 물결에 몸을 던지고
목을 휘감는 별무리에 의지해
아득히 먼 그곳으로 둥둥 흘러갑니다
몽롱이 붉어져 가는 심장의 파편마저
떠나보낸 그 밤에
담벼락에 걸린 묽은 달빛이
저 혼자 울고 있습니다

아스터 : 인내, 사랑

무채색 사랑

초가집 툇마루 돌계단 위에
가지런히 놓인 두 켤레 고무신 안으로
따사로운 봄볕이 흘러 들어갑니다
사립문이 봄바람에 흔들립니다
아낙네 맞잡은 손 사이에
흰 무명 손수건이 끼어 있습니다
동구 밖 외진 길을 돌아오는 남정네의
발걸음 소리에 귀 기울여 봅니다
무명천 같은 사랑이 무색의 향기 되어
연푸른 하늘가로 날아가고 있습니다

안개꽃 : 순수한 마음

그대를 사랑해

아직도
"그대를 사랑해"라는 말 듣지 못했다면
어떤 것으로 삶을 채웠어도 텅 빈 창고일 뿐

아직도
"그대를 사랑해"라는 말하지 못했다면
어떤 말을 내뱉었더라도 메아리 없는 함성일 뿐

아직도 늦지 않았다
삶을 무의미하지 않게 하려거든

한 송이 꽃을 들고
"그대를 사랑해"라는 말 찾아 나서라

수레국화 : 단순함, 겸손

사랑의 노예

내가 진정으로 사랑한다면
노예가 된들 어떻겠습니까?
지는 해를 바라보며
하루의 지친 발품을 내밀 수 있다면
다시 뜰 태양이 당신의 주인입니다

활짝 핀 꽃을 바라보며
탐욕 가득한 마음을 씻어낼 수 있다면
해마다 피는 꽃이 당신의 주인입니다

반짝이는 별을 보고
떠나간 친구를 그리워한다면
밤마다 찾아오는 별이 당신의 주인입니다

해와 꽃과 별들의 노예로
그들을 찬미하며 살아갈 수 있는 당신
사랑의 노예가 아니라 사랑의 화신입니다

도라지꽃 : 영원한 사랑

사랑의 기쁨 1

터벅 걸음이 경쾌하였던 그날 밤
골목길 돌아서며 몸을 감추고
뒤돌아보던 그날 밤
콧노래를 부르며 현관을 들어서던 그날 밤
'늦었네?'라는 물음이 건성으로 들리던 그날 밤
몰래 간직하고 싶었던 환희
나는 유리병 속에서 수줍게
춤추는 회전 인형이 되었습니다

비밤 : 열정, 창의성

믿음직한 사랑

찻길 안쪽으로 슬쩍 자리를 바꿔 걷는 당신
우산을 내 쪽으로 받쳐
한쪽 어깨가 비에 젖은 당신
멋쩍은 얼굴로 꽃 한 송이 슬며시 건네주는 당신
별을 따다 주겠다며 밤하늘로 달려간
백마 탄 왕자님보다 더 믿음직스럽습니다

종꽃 : 감사, 겸손

" 그대가 있어 행복합니다 "

그대가 있어 행복합니다

그대가 있어 행복합니다

손을 잡고 언덕에 앉아 지는 저녁노을
함께 바라볼 수 있는 그대가 있어 행복합니다
그대의 따스한 온기 놓치지 않으려
잡은 손을 꼬옥 감싸 봅니다
노을 속으로 날아가는 기러기 한 쌍처럼
이 세상 저 끝까지 함께할 수 있는
그대가 있어 행복합니다

루드베키아 : 정의, 공정

불타는 사랑보다는

끓는 물에는
화상을 입을 수 있고
타오르는 장작은
재(灰)가 곧 됩니다

불같은 사랑보다는
온돌 아궁이 불에 은근히 데워지는
목욕물 같은 사랑이 오래 갑니다
사랑의 온도는
체온을 약간 웃도는 정도가 좋습니다

담요꽃 : 용기, 인내

애정과 존중

존중 없는 애정은
집착이 될 수 있습니다

애정 없는 존중은
제풀에 지칠 수 있습니다

존중은 애정의 균형추
애정은 존중의 영양제입니다

금낭화 : 사랑의 고백

사랑의 싹 1

가슴속에 씨를 뿌린 것 같은데
얼굴에서 싹을 피우나
자꾸 거울을 들여다보게 되네

보리지 : 용기, 용맹

❝ 침샘을 자극하는 풋과일 맛의 추억 **❞**

첫사랑 2

문득 문득
한 입 깨물어 본 침샘을 자극하는
풋과일 맛의 추억

병솔꽃 : 열정, 창의성

첫사랑 3

꽃잎 휘날리는 봄날에도
소낙비 내리는 여름날에도
낙엽 뒹구는 가을날에도
눈 나부끼는 겨울날에도
떨어지지 않는 작은 잎새
생이 다 할 때까지 피고 질
내 마음의 불로초

부르바디아 : 열정, 열망

사랑이여 영원하라

태양이 얼어붙을 때까지
바닷물이 다 마를 때까지
별들이 다 떨어질 때까지
당신을 사랑하게 해 주세요
우주 만물이 다 사라진다 해도
당신을 향한 내 사랑은 변치 않을 것입니다
온전히 당신을 사랑하기 위해
꽃이 천만 번 피고 지더라도
당신을 사랑하고 또 사랑하겠습니다

미나리아재비 : 매력, 매혹

사랑의 싹 2

말과 행동을
그대에게 맞추기 시작했다
흔들리지 말아야 될 텐데

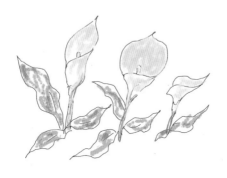

칼라릴리 : 순수, 아름다움

나의 마음 그대만이 아네

"왜 휴대폰 꺼? 누구 연락 오면 어떡해?"
"괜찮아! 자기 말고 중요한 사람 없어!"
휴대폰도 질투의 대상이 될 수 있습니다
사랑은 한 사람을 향한 몰입입니다

금잔화 : 슬픔, 애도

66 사랑의 감정은 한 음절 **99**

한 음절 사랑

"웬일이야"
"그냥"
사랑의 감정은 한 음절로 더 강렬할 수 있습니다

캘리포니아양귀비 : 위로, 평화

사랑의 기쁨 2

사랑스러운 그대

기: 사랑해서 기쁩니다
승: 기뻐서 눈물이 납니다
전: 눈물이 앞을 가립니다
결: 앞이 가려 판단이 흐려지기 시작했습니다

판단력이 흐려지는 사랑의 기쁨

캔디트퍼트 : 무관심

우아한 추억

언제쯤 남들처럼
눈물 나는 프러포즈 받을까
기다리고 기다리던 그때
"같이 살자"(싱겁긴)
그래서 지금까지 같이 살고 있다
흑백사진 같지만
탈색이 덜 돼서 괜찮다

칸나 : 자부심, 아름다움

매력

"나한테 왜 끌렸어?"
"그냥 좋았던 것 같은데"
"그럼 지금은?"
"지금도 그냥 좋아"
끌림의 이유 아는 그때부터
끌림은 계산기에 올라타게 됩니다

케이스프림로즈 : 젊음, 사랑

" 그냥 좋았던 것 같은데 "

꽃 세 송이

오늘 아침
당신에게 세 송이 꽃을 보내 드립니다

한 송이는
당신의 남은 사랑을 위하여

한 송이는
당신의 남은 꿈을 위하여

한 송이는
당신의 건강을 위하여

지구가 사라질 때까지
뜨거운 날 되시길

카디널플라워 : 용기, 결단력

사랑의 스펙트럼

사랑의 스펙트럼은
너무 넓은 것 같습니다
돈으로 구하는 사랑에서
목숨으로 구하는 사랑까지
당신의 사랑은 어디쯤일까요

캣민트 : 매력과 매혹

열렬한 연애

별빛 교교히 흘러내리는 밤
그대 얼굴 내 반쯤 찬 술잔에 어른거리네
별빛 맞으며 취한 내 가슴으로
이 은빛 잔을 마저 들이키니
몸 속으로 퍼진 그대 향에 취기 붉게 타올라
이 밤 뜨거움에 잠 못 이루는구나
달아 어여 떠올라
붉게 물든 내 얼굴 씻어 주려무나

샐로시아 : 열정, 창의성

작은 인연

당신을 처음 만나던 날

긴장해서 흘린 커피
잘 접힌 손수건을 건네주던 당신
'참 단아한 사람이구나'
반해서 지금까지 살아옵니다

작은 것에서 맺어진 사랑의 인연
가끔 큰 것을 기대하며
실망하고 마음 아프게 됩니다

아직도 서로 사랑하며 살아갈
작은 것들이 많이 남아 있습니다
세월이 흐르며 눈이 나빠져
잘 보이지 않을 뿐입니다

치커리 : 사랑의 고백

오래 살아보니

연애할 때는
로맨틱한 사람이 좋았는데
살아보니
현실적인 사람이 좋다
더 살아보니
역시 로맨틱한 사람이 좋아진다
꿈이 밥보다 멀리 있지만

클레마티스 : 지혜, 신뢰

66 로맨틱한 사람이 좋아진다 **99**

사랑의 동상이몽

소파에서 잠든 아내를 위해 담요 끝자락을 올려주고 까치발로 돌아서는데 "사랑해요" 어깨 위로 넘어오는 목소리 감격해서 뒤돌아봤더니 잠꼬대했던 그녀
'누굴까?'

남편 퇴근을 기다리다 사르르 밀려오는 피로감
눈꺼풀이 살짝 내려앉으려는데
술 냄새 풍기며 들어와 야속해서 슬쩍 잠든 척했더니
담요를 덮어주고 돌아선다 감격해서 잠꼬대하는 척

"사랑해요"
당황하는 남편의 표정 '누굴까?'

사랑스러운 동상이몽

클로버 : 행운, 보호

덜 채운 사랑

그대를 향한 내 사랑이
부족하다고 타박하지 마세요
조금만 흔들려도 흘러내리는
가득 채운 물컵 같은 사랑보다는
파도가 밀려오고 폭풍우가 몰아쳐도
흘러내리지 않는 사랑을 하려면
조금 덜 채운 사랑이 좋습니다

콜럼바인 : 용기, 결단력

그대가 있어 내가 있네요

밤하늘의 별을 따주겠다는 무모한 용기
사랑 스위치가 ON되었군요
그 순간은 당신이 지구상에
존재하는 이유가 되었습니다
사랑으로 그대는 다시 태어났습니다

콘플라워 : 단순함, 겸손

순결한 사랑

'사랑합니다' 말을 하지 않으렵니다
내 말이 내 입을 떠난 순간
사랑의 순결을 잃을까 두렵기 때문입니다
이 고운 마음을 어찌 말로써
순결을 잃게 할 수 있겠습니까?
흉중에 품은 것으로도
그 누구도 알지 못하게 하고 싶으니까요
당신과 내 사랑은 티끌조차 없는
진공의 공간을 거닐었으면 좋겠습니다

코랄벨스 : 열정, 창의성

불타는 마음

만남,
어여 찬물 한 됫박 확 뿌려주소
화상 입기 전에

이별,
용광로에 넣어도 녹지 않는
동토의 얼음덩이

이래도 저래도 가슴만 타는구나!

코레옵시스 : 기쁨, 행복

사랑의 희열

가느다란 바람의 잎에
꽃씨 하나가 날아왔습니다
성글진 내 가슴 땅을 다 차지하고
세상 어떤 꽃보다 아름답게 필 것 같습니다
혹여 당신 내 집 앞을 지나는 길에
고개 들어 바라볼 것 같아
꽃이 피면 살며시 창가에 두어야겠습니다

코로커스 : 희망, 위로

접시꽃 사랑

당신 떠나고 난 뒤
육신이 썩어 흙가루가 되고
영혼이 불태워져 잿가루가 되어도
당신 곁에 있겠노라는 헛된 다짐보다

옥수수 잎에 우두두 떨어지는
빗방울보다 더 굵은 눈물로
부질없는 그리움을 뒤늦게 시위하는 것보다

나도 죽어 당신 옆에 누워
바람과 구름 되어 금수강산 누비며
꿈같은 신혼을 다시 보내고 싶다는
철없는 투정보다

오늘 아침, 잘 다녀오라는 출근길 배웅하는 당신 얼굴
한 번 더 뒤돌아보고
"사랑해" 하트 표시
접시꽃 그림에 담아 고이 건네 봅니다

시클라멘 : 순수한 마음

66 그대도 내 안에 있으면 좋으련만 99

사랑에 번민하는 마음

몇 마디 문자를 보내고
힐끔힐끔 쳐다보는 핸드폰
슬쩍슬쩍 확인하고 싶은 마음
내 손 안에 핸드폰처럼
그대도 내 안에 있으면 좋으련만

다알리아 : 자부심, 아름다움

비밀스런 애정

사랑이 움트니
자랑하고 싶은 마음
축하받고 싶은 마음
보여주기 사랑으로 변할지 몰라
덜 익은 열매니까 더 소중히 가꿔야지
그때까지는 슬쩍 숨겨 둬야겠다
우연히 눈에 띄는 낙엽 밑 도토리가
더 큰 기쁨을 줄 수 있거든

데이릴리 : 기쁨, 행복

그대가 있어 외롭지 않네

지구상에 당신을 제외한
존재의 모든 것들이 사라져도
'그대만 곁에 있으면 외롭지 않다'던
노래를 부른 기억이 있는데
어찌 섣부른 이별을 할 수 있으리오

델피니움 : 용기, 결단력

내 사랑이 되어 주세요

언제쯤 할까?
어디서 할까?
어떻게 할까?
받아줄까?
거절당할까?
머리와 입속 수많은 상념들
아찔한 현기증
그대와 나 사이 꽃개울에
징검다리를 놓고 싶은데

다이안서스 : 사랑, 애정

" 그대와 나 사이 꽃개울에 "

나를 사랑해 주세요

바람에 실려와
사뿐사뿐
빙글빙글
내 입술에
온몸을 던져
꽃이 되었구나
어찌 사랑하지 않을 수 있으리

에키네시아 : 자유, 보호

욕망의 수레바퀴

저 수레는 왜 저리 덜컹거리지?
아! 바퀴 크기가 다르구나
욕망의 바퀴로 달리는 사랑의 수레

에델바이스 : 용기, 결단력

다이아몬드 사랑

세상에서 가장 단단하고
영롱하게 빛나는 다이아몬드도
잘 관리하지 않으면 흠이 생기고 흐려지듯이
보석보다 아름다운 사랑도
가꾸지 않으면 변하게 됩니다

에피메디움 : 열정, 창의성

표현

"그걸 꼭 표현해야 돼?"
"그 마음을 어떻게 알아?"
묵언수행은 수도자의 몫

에레무르스 : 용기, 결단력

사랑의 슬픔

못다 이룬 사랑 때문에
하늘이 무너질 듯 슬픈가요
어떤 사랑도 환희 속에 영원히 머물지 않습니다
사랑은 목숨이 다할 때까지 진행형입니다
너무 슬퍼 마세요
악마는 햇살로 치장해서 다가오고
천사는 먹구름을 헤치고 찾아옵니다
너무 슬퍼 마세요
세월의 방패가 막아줄 겁니다

유포르비아 : 치유와 보호

66 어떤 사랑도 환희 속에
영원히 머물지 않습니다 99

애정과 포옹

사랑을 하면 상대를 포용하고 싶은 것은
사랑은 머리로 하는 것이 아니라
가슴으로 하기 때문입니다

물망초 : 기억, 사랑

천년의 사랑

너를떠나보낸뒤부터아침에눈을뜨고저녁에눈을감는일이일년
의시간같구나앞으로도눈을감고뜰일이천만번도넘게남았는데
흘릴눈물은강물보다더많고바닷물보다더짧것같구나그런시간
이흐른뒤에도내가슴속에머무는너의환한미소는지워지지않을
거야잊지못할너의모습언제까지나사랑해영겁의시간이흘러도
너를사랑해너만을사랑해사랑해...

폭스글로버 : 열정과 창의성

유일한 사랑

하나밖에 없는 나의 사랑
그대도 내가 그런가요?
사랑이 깊어지면
빠지는 착각의 늪
허우적거리면서도
헤집고 나오기가 싫어진다는데

후크시아 : 열정, 열망

소문나는 사랑

꼭꼭 숨어 보지만
시간이 지날수록
머리카락 보이는
두 사람 사랑의 흔적
사내 연애
엿보기 재미가 쏠쏠합니다

가일라르디아 : 용기, 인내

66 *그대 사모하는 마음* **99**

진심으로 사모합니다

그대 고운 모습
달빛에 비친 그림자도 똑같네요
혹여 그 그림자 밟을까
한 걸음 옮기고 달 한 번 쳐다보고
천 년이 흘러도 변하지 않는 달빛처럼
그대 사모하는 마음
변치 않았으면 합니다

가자니아 : 기쁨, 행복

죽음보다 강한 사랑

오! 오필리아여
두 눈을 감고
꽃들로 치장한 채
검은 물 위에 누워
눈부신 아름다움
허공으로 쏟을지라도
결국 사랑에 지고 말았구려
한 방울 온기마저 사라진
슬픈 그대여

거베라 : 순수한 마음

연애 거울 2

요즘 나를 자주 들여다보고
웃는 걸 보니
가슴에 꽃씨 하나 심었나 보네!

골드로드 : 치유, 보호

사랑의 빛

내 그림자는
나를 비추는 빛의 방향에 따라
변하는 모습일지라도
내 마음은
나를 비추는 당신의 방향이 달라도
언제나 하트 모양입니다

헬레보어 : 용기, 결단력

❝나를 비추는 당신의 방향이 달라도❞

동백꽃 가슴

그대 향한 사랑 때문에
내 가슴 타들어 가면
잿빛으로 변할 줄 알았는데
검붉은 꽃으로 변했네요
한 조각씩 움켜쥔 눈물방울
아린 가슴 위 살며시 떨구고
작은 손 내밀어 남은 붉은 마음 바치겠나이다

호스타 : 겸손, 겸양

눈 내리는 밤에

하얀 눈들이 까만 하늘에
반짝이는 눈망울처럼
초롱이는 그 밤에
시린 그리움이 차곡차곡 쌓여갑니다
쌓여가는 눈길 위에
님께서 찍어 두신 발자국 지워질까
밤새 뒤척이게 됩니다

히아신스 : 희망, 위로

100가지 꽃과 꽃말

- 장미 : 사랑
- 튤립 : 사랑의 고백
- 해바라기 : 존경, 충성
- 수선화 : 새로운 시작
- 백합 : 순수, 무죄
- 난초 : 아름다움, 우아함
- 데이지 : 순수한 마음
- 금잔화 : 슬픔, 애도
- 국화 : 진실된 사랑
- 작약 : 수줍음
- 카네이션 : 사랑, 존경
- 아이리스 : 신뢰, 지혜
- 라벤더 : 평온, 헌신
- 히비스커스 : 섬세한 아름다움
- 자스민 : 우정, 애정
- 양귀비 : 위로, 평화
- 수국 : 진심, 감사
- 제라늄 : 우정, 결속
- 베고니아 : 조심성
- 백일홍 : 지속적인 사랑
- 글라디올라스 : 강인함, 승리
- 아네모네 : 기대, 희망
- 진달래 : 절제, 사랑
- 동백 : 겸손, 아름다움
- 블루벨 : 겸손, 감사

- 프리지아 : 순수, 신뢰
- 가드니아 : 비밀사랑
- 헤더 : 행운, 보호
- 접시꽃 : 야망
- 봉선화 : 인내, 용기
- 라일락 : 첫사랑
- 목련 : 고귀함, 존경
- 나팔꽃 : 애정, 애착
- 한련 : 애정, 애착
- 협죽도 : 조심성
- 팬지 : 생각, 기억
- 페튜니아 : 분노, 원망
- 프림로즈 : 젊음, 사랑
- 라넌큘라스 : 매력, 매혹
- 철쭉 : 절제, 사랑
- 금어초 : 기쁨, 행복
- 스노우드롭 : 희망, 위로
- 스타티스 : 영원한 사랑
- 스위트피 : 감사, 작별
- 버베나 : 기쁨, 행복
- 제비꽃 : 겸손, 겸양
- 등나무 : 환영, 환대
- 얘로우 : 치유, 보호
- 유카 : 용기, 결단력
- 아마릴리스 : 자부심, 아름다움

- 아스터 : 인내, 사랑
- 안개꽃 : 순수한 마음
- 수레국화 : 단순함, 겸손
- 도라지꽃 : 영원한 사랑
- 비밤 : 열정, 창의성
- 종꽃 : 감사, 겸손
- 루드베키아 : 정의, 공정
- 담요꽃 : 용기, 인내
- 금낭화 : 사랑의 고백
- 보리지 : 용기, 용맹
- 병솔꽃 : 열정, 창의성
- 부바르디아 : 열정, 열망
- 미나리아재비 : 매력, 매혹
- 칼라릴리 : 순수, 아름다움
- 금잔화 : 슬픔, 애도
- 캘리포니아 양귀비 : 위로, 평화
- 캔디터프트 : 무관심
- 칸나 : 자부심, 아름다움
- 케이즈 프림로즈 : 젊음, 사랑
- 카디널 플라워 : 용기, 결단력
- 캣민트 : 매력, 매혹
- 셀로시아 : 열정, 창의성
- 치커리 : 사랑의 고백
- 클레마티스 : 지혜, 신뢰
- 클로버 : 행운, 보호
- 콜럼바인 : 용기, 결단력
- 콘플라워 : 단순함, 겸손
- 코랄벨스 : 열정과 창의성
- 코레옵시스 : 기쁨, 행복
- 코로커스 : 희망, 위로
- 사이크라멘 : 순수한 마음
- 다알리아 : 자부심, 아름다움
- 데이릴리 : 기쁨, 행복
- 델피니움 : 용기, 결단력
- 다이안서스 : 사랑, 애정
- 에키네시아 : 치유, 보호
- 에델바이스 : 용기, 결단력
- 에피메디움 : 열정, 창의성
- 에레무르스 : 용기, 결단력
- 유포르비아 : 치유, 보호
- 물망초 : 기억, 사랑
- 폭스글로브 : 열정, 창의성
- 후크시아 :열정, 열망
- 가일라르디아 : 용기, 인내
- 가자니아 : 기쁨, 행복
- 거베라 : 순수한 마음
- 골드로드 : 치유, 보호
- 헬베보어 : 용기, 결단력
- 호스타 : 겸손, 겸양
- 히아신스 : 희망, 위로

100가지 꽃에서 사랑을 굽다

꽃 처 럼
아 름 답 게
사 랑 하 며

초판 1쇄 2025년 2월 23일

지은이 박화진
발행인 김재홍
교정/교열 김혜린
마케팅 이연실
디자인 박효은

발행처 도서출판지식공감
브랜드 문학공감
등록번호 제2019-000164호
주소 서울특별시 영등포구 경인로82길 3-4 센터플러스 1117호(문래동1가)
전화 02-3141-2700
팩스 02-322-3089
홈페이지 www.bookdaum.com
이메일 jisikwon@naver.com

가격 12,000원
ISBN 979-11-5622-918-6   03810